泉水情

张家双 著

群众出版社·北京

图书在版编目（CIP）数据

泉水情／张家双著．—北京：群众出版社，2017.4
ISBN 978 - 7 - 5014 - 5668 - 0

Ⅰ．①泉…　Ⅱ．①张…　Ⅲ．①诗集—中国—当代　Ⅳ．①I227

中国版本图书馆 CIP 数据核字（2017）第 071994 号

泉水情　张家双　著

出版发行：群众出版社
地　　址：北京市丰台区方庄芳星园三区十五号楼
邮政编码：100078
经　　销：新华书店
印　　刷：北京普瑞德印刷厂
版　　次：2017 年 5 月第 1 版
印　　次：2017 年 5 月第 1 次
印　　张：10.25
开　　本：787 毫米 ×1092 毫米　1/16
字　　数：120 千字
书　　号：ISBN 978 - 7 - 5014 - 5668 - 0
定　　价：48.00 元
网　　址：www.qzcbs.com
电子邮箱：843195700@ qq.com
营销中心电话：010 - 83903254
读者服务部电话（门市）：010 - 83903257
警官读者俱乐部电话（网购、邮购）：010 - 83903253
文艺分社电话：010 - 83901730　　010 - 83903973

自 序

  自 2013 年解甲退休后，已出版了《军旅情》、《大地情》、《沃土情》三部诗集，以飨广大读者。为表达我对军旅生涯的感情，我将上述书籍专门赠给我工作过的部队和战友。它们得到了社会和军营读者的好评。

  这也是激励我继续创作并出版《泉水情》的动力所在。

  《泉水情》分为泥土芳香、军旅恋情、夕阳彩霞、爱憎印记和历程感悟五个章节，共一百七十多首诗歌。泥土芳香以写农村生活为主；军旅恋情写军营军人和国防事业等方面；夕阳彩霞写我退休后的现实生活以及生活中的所见所闻；爱憎印记以对美好的人性和生活的赞颂，对丑陋、阴暗现象的批判为主；历程感悟是我走过一个甲子岁月、体验人生的心得。

  泥土给予了营养，大地给予了根基，泉水给予了滋润，军旅给予了历练。它们使一棵棵小小树苗慢慢成长，长成大树，长成社会有用之才，去报恩社会——春天里为人们唤绿勤耕，夏天里为人们遮荫纳凉，秋天里为人们歌唱丰收，冬天里为人们储能润色。

张家双

2017 年 3 月 13 日

目　录

泥土芳香

军旅恋情

夕阳彩霞

爱憎印记

历程感悟

后记

泥土芳香

家乡古现①

南庙山下金河岸，　东北临海西磁山。
地理坐标如星斗，　历史文化更灿烂。

山上松柏亮品行，　河水断续表肝胆。
渤海见证万年历，　未来发展看古现。

古现宝塔②

磁山开发景色秀，　苍松翠柳楼外楼。
渤海文化一明珠。　宝塔温泉葡萄酒。

民风纯朴人忠厚，　沟岙相宜历史悠。
山间宝塔面大海，　华夏墨香一涓流。

---

① 为黄贤中、蔡乐成、王明忠等家乡领导而作。2016 年 9 月 8 日于古现。
② 赠磁山开发功勋张心达先生并登磁山有感。2017 年 1 月 1 日于古现。

山路的坡①

有山就有坡， 有江必有河。
昼夜存周期， 万物有因果。

坡过增视野， 源头积脉络。
攀巅路艰难， 顶峰景色阔。

老屋小院②

新春正月回家乡， 二老膝下听家常。
父母年迈容颜美， 耳顺我辈华发亮。

午饭举杯频祝酒， 餐后品茶赞街坊。
老屋小院阳光暖， 幸福无比陪爹娘。

---

① 2017 年 1 月 1 日于烟台。
② 2017 年 2 月 15 日于古现。

电话拜年①

昔日戎马走天涯，　军旅职责保国家。
过年亲人难团聚，　只能遥祝亲爹妈。

今天退休已解甲，　应守二老双膝下。
无奈还在千里外，　电话拜年流泪花。

龙泉山②

胶东之巅昆嵛山，　森林深处藏龙泉。
自然风光甲天下，　神台缘上聚神仙。

草坪散步思蓝图，　木屋饮茶话当年。
青春京城为战友，　退休故乡品甘甜。

---

① 作于 2017 年 1 月 27 日除夕夜。
② 送建思战友诗一首。2016 年 9 月 6 日写于龙泉山神台缘。

雨水时节①

立春之后雨水到，　晨露喜洒湿村桥。
乔灌沐阳返青绿，　花卉吐芽赛萌娇。

雨水未见天降雨，　春风不暖温渐高。
耳顺同学举杯聚，　华发春色艳阳好。

中秋月②

古今赏月醉中秋，　皓月升空望丰收。
文人墨客抒情怀，　诗画佳作颂月涌。

村庄衬月山水美，　都市托月楼阁秀。
人生中秋太短少，　明洁月光谁能留？

---

① 为承所召集十二位老同学聚会，作于 2017 年 1 月 8 日雨水节，古现。
② 2016 年 8 月 15 日中秋节于烟台。

初　秋①

四季更换，　冬春夏秋。
自然规律，　沧桑久久。

人生如此，　阶段清秀。
少青中老，　勿需考究。

少为冬季，　聚能积厚。
青为春天，　争艳不休。

中为夏日，　洒汗奋斗。
老为秋景，　重彩紫红。

退休初秋，　丰歉得收。
该得可得，　该丢必丢。

角色转换，　结前启后。
秋景秋韵，　尽其感受。

---

①　2016 年 8 月 27 日于北京。

初秋退休，　天高云游。
湖水澈底，　诗美画秀。

朋友多聚，　茶香醇酒。
山南海北，　畅谈长寿。

牛①

上路拉车行，　下田低头耕。
虽有爆发力，　慢耗不减能。

饿啃山冈草，　渴饮溪水清。
忠厚代代德，　任劳祖辈风。

农夫与老牛②

寒风阵阵起五更，　空腹喂饱老"弟兄"。
整好犁铧套上车，　农夫老牛星月行。

耕耘田野布希望，　喜播种子盼年丰。
人牛祈福风雨顺，　形影相随夕阳红。

---

① 2016 年 8 月 28 日于北京。
② 农耕季节思乡情。2017 年 2 月 7 日于北京。

秋末冬初①

远山绿退叶落黄，　果菜入窖粮进仓。
阵阵冷风袭人寒，　行人加衣多色光。

季节转换是周期，　适者生存天下彰。
社会发展有规律，　信与不信不影响。

家乡的雪②

脉脉含情夜间落，　城乡圣白山河洁。
清晨放眼窗外望，　家乡景色仙境绝。

瑞雪未同寒冬降，　雨水时节补上课。
天地有情规律在，　人间沧桑正道歌。

---

① 2016 年 10 月 29 日晨于北京。
② 2017 年 2 月 22 日晨于家乡烟台。

惊　蛰①

泥土被褥护冬眠，　筋骨舒展饱睡甜。
雷声未响梦也醒，　和风日暖探出磵。

长假储能智慧增，　伸直懒腰力无边。
一年丰歉看今日，　速帮恩主奔桑田。

大寒雨落惊蛰雪②

北方四季是本色，　春夏秋冬排队列。
家乡烟台今特殊，　惊蛰次日天下雪。

寒冬该降雪不降，　春节不应雨水落。
气候淘气逗人玩，　人间社会勿失约。

---

① 2017年3月5日晨于北京。
② 为家乡昨晚降雪而作，2017年3月7日晨于北京。

柳①

河开燕来赏垂柳，　万股绿条暖风悠。
一夜细雨三月间，　梳妆恰似织女秀。

冰雪窥探逃遁快，　牛郎田野放歌喉。
万物复苏人间暖，　报春使者柳挚友。

荷②

根深池塘志向廉，　出自污泥而不染。
初心不忘方始终，　绿叶红花对青天。

画家泼墨洒天下，　诗人绝句四海赞。
我赏夏荷花叶洁，　我学荷花根底坚。

---

① 2016 年 7 月 30 日于北京。
② 2016 年 7 月 30 日于北京。

菊①

霜降冷风袭北国，　人增厚衣树叶落。
千山繁茂呈秃景，　万花暗淡菊赫烈。

菊蕾喜迎霜天至，　菊花怒放五彩色。
菊瓣柔情丝丝长，　花中英姿菊豪杰。

梅②

飞雪亲吻簇簇霞，　铁枝盛开殷红花。
映照庭院绝景美，　清香漪涟涌万家。

人云亦云随波易，　主见不移学问大。
宣告寒退温暖到，　独迎春色热血洒。

---

① 2016 年 7 月 30 日于北京。
② 2016 年 7 月 30 日于北京。

兰①

幽兰恬静雅俗兼，　殿堂陋室聚焦点。
有缘知音识品质，　芳香绕梁醉心田。

一年灿烂十几日，　代代壮丽永不变。
虽逊牡丹浓彩色，　引得文墨朝暮恋。

竹②

根系汇聚肩并肩，　四季翠绿节节连。
宁折不弯腰杆直，　胸怀若谷肚量宽。

狂风骤雨团结紧，　冰雪雷电志更坚。
生在山冈翠沟壑，　种在屋前绿庭院。

---

① 2016 年 7 月 30 日于北京。
② 2016 年 7 月 30 日于北京。

谷子颂①

生在山坡恋瘠土，　感恩阳光风霜雨。
不羡稻田肥水厚，　根扎泥沙砺筋骨。

身材不攀高粱高，　名分不如麦显露。
粮中鼻祖称化石，　品行功德乃契夙。

高　粱②

如竹健姿节节连，　脊柱劲叶梯次展。
根系粗犷偶尔露，　头顶红穗致山川。

① 2016 年 8 月 16 日于北京。
② 2016 年 8 月 17 日于北京。

麦子品德①

落叶时节生命育， 冰雪历练色更绿。
沃土给养根须牢， 沟壑缺颜染大地，

战胜寒冬迎春来， 卉草争紫青穗聚。
烈日蝉鸣金浪翻， 献身人间餐中粒。

山　药②

细藤绿叶向上攀， 根系暗长地下钻。
两端超然心灵平， 低调品质岁月谦。

花叶形表不张扬， 茎根粗壮为奉献。
食药兼顾供人品， 颜浅味淡自我鉴。

---

① 2016 年 11 月 16 日晨于北京。
② 2016 年 11 月 12 日于北京。

银杏树[①]

身材笔直果实园，　春夏绿色秋金颜。
树木祖师活化石，　中医药材除病患。

城市绿化为上品，　乡下百姓致富泉。
镜头一对获影奖，　果叶成汁效无限。

无花果[②]

粗枝大叶本也简，　春夏秋绿冬亦眠。
万木花艳耀仔美，　独树无花果甘甜。

① 2016 年 8 月 14 日于北京。
② 2016 年 8 月 10 日于北京。

玉　兰①

暖归大地寒纠缠，　万木朦胧独开艳。
红为精神白是魂，　干枝怒放报春天。

紫　薇②

脊腰光洁肌肤白，　枝枝端头蕾串赛。
春夏两季花不歇，　美化环境人人爱。

洁白源于勤吐故，　花开持续纳新在。
细观紫薇启迪人，　历史车轮向未来。

---

① 2017年3月10日于北京。
② 2016年9月7日于烟台。

烟台东方海天①

马路环绕银沙滩，　灯光照亮碧海湾。
浪花频频眼前送，　涛韵欢歌唱耳边。

怎能舍得合眼睛，　陶醉景色夜难眠。
天然油画赏不够，　东方海天北窗前。

逛荡河②

前年相见污水沟，　去年相逢路堵忧。
今年晨跑再经过，　河滨公园景色秀。

河心土堆成仙岛，　木板栈桥走不够。
柳岸花红奇石林，　脚步难移锁眼球。

---

① 2016 年 10 月 23 日晨写于烟台东方海天酒店。
② 2016 年 9 月 8 日于烟台。

济南的秋雨①

文化名城雨中秋，　荷叶沧桑柳更秀。
泉泉欢腾韵声醉，　大明湖畔伞汇流。

现代省城遇秋雨，　雾霾笼罩难见楼。
千佛跰突隐身去，　车堵茫茫人人愁。

乡友相聚②

五岳之尊为泰山，　天下黄河入海岸。
孔孟故里在京人，　今晚相聚儒家宴。

臣民举杯谈天下，　文武豪杰亮肝胆。
欣感齐鲁育栋梁，　宾主喜悦胜过年。

① 2016 年 10 月 22 日于济南。
② 2016 年 11 月 1 日晚于北京，赴泰安商会有感。

茶　缘①

清泉哗哗白鹭飞，　　萌芽胖胖碧绿翠。
仙境闽山三月日，　　沟壑飘香天地醉。

四海敬仰茶宗地，　　五洲崇拜茶先辈。
茶尊白茶鼎韵好，　　凤年唱响茶缘美。

齐鲁乡亲②

家中出外闯荡人，　　亲属昼夜挂在心。
游子拼搏日复日，　　晚对灯光思乡亲。

古今中外人同感，　　孔孟后代情胜金。
今晚乡友建群网，　　明在天涯若比邻。

---

① 贺雄鸡唱白组网，2017 年 3 月 5 日于北京。
② 感谢李涛会长而作。2016 年 11 月 10 日晚于北京。

乡亲赴京城①

村长千里赴北京， 无暇古都紫禁城。
奥运鸟巢大剧院， 再美也不进眼睛。

莫怨乡亲高傲狂， 别猜街坊钱财疼。
急护哥们奔医院， 村官爱民骨肉情！

① 为村支书蔡乐成一行来京看病号崔克平而作。2016 年 11 月 17 日于北京。

家乡的喜讯①

清晰的数据，
沉甸甸的成效。
家乡的一年让我感动，
家乡的喜讯让我难以睡觉。

经济快速发展，
文明迅猛提高。
百姓安居乐业，
生态环保紧密协调。

失地者高兴就业，
养老医保样样俱到。
棘子亦用上自来水，
陈家沟旱厕下岗退朝。

公平正义是社会的主旋律，
高尚风俗如江河奔腾滔滔。
六个家园建设像雨后春笋，
电子汽车红酒在齐鲁领跑。

---

① 为家乡 2016 年工作回顾而作。2017 年 1 月 26 日于北京。

党建带动政府，
政府是村（居）委的坐标。
两学一做真正落实，
百姓为黄书记叫好！

我一六年回家乡三次，
曾有感写过家乡的街道。
今天看到的喜讯，
有些是我三次亲眼所瞧。

磁山的松柏见证，
黄金河的河水存照。
古现之所以叫古现，
她有远古历史，她有现实的骄傲！

变迁喜与忧①

出生正逢跃进年，　学着雷锋入校园。
集体至上讲公共，　好好学习为明天。

九年读尽全学业，　大寨田间比贡献。
筋骨练就能吃苦，　灵魂洗礼净无边。

村民贫寒人心暖，　河流清澈鱼儿欢。
南山四季拾柴禾，　白云蓝天时时伴。

没有电灯有光明，　缺少金钱有信念。
村村庄庄治安好，　公社仅一公安员。

一颗红心保祖国，　军旅生涯几十年。
解甲退休回家乡，　翻天覆地大变迁。

公社改称办事处，　村庄减少楼连片。
交通路网天天织，　工厂企业时时添。

农民打工谋职业，　或当商贩或游闲。
六十退休享老保，　父老乡亲不愁钱。

---

① 2017年2月24日晚于古现。

事物都有两样性，　喜中有忧也显现。
纯朴递减虚假增，　治安恶化民众怨。

环境污染河流断，　雾霾常顾遮蓝天。
教育医疗问题多，　公平正义有点偏。

扬长纠偏责任重，　党委政府任务艰。
全体乡亲齐上阵，　撸起袖子加油干。

我爱家乡金河水，　我爱家乡大磁山。
领导别嫌咱文拙，　赤子写诗来进谏。

圣洁的乡医和他的听诊器^①

儿时的记忆天真，
学年的回想甜蜜。
今天幸见他的身影，
顷刻让我感动之极。

他是八十多岁的老者，
父老乡亲与他称兄道弟。
他是全镇三十九个村庄的名人，
妇孺皆知，他说话管用给力。

我从小就认识他，
他身穿洁白的大褂，
脖子挂着让我备感神秘的听诊器。
牛痘疫苗是他亲手给我种植，
年年预防疾病宣传的街头巷尾，
他从来都是身影不离。

我人生第一次体检由他完成，
也正是因此，

① 2017 年 1 月 15 日于古现，为我尊敬的王维岵大夫所写。

我才如愿离乡，服上了共和国兵役。
在军营岁月里，
我常常梦见家乡，
梦见他身穿白衣，脖子上挂着听诊器。

我驻守京鲁津近四十年，
我走过三十一个省的山川和大地。
今天我已是解甲退休的干部，
此刻在家乡街头见到了他，
他还是身穿白褂、挂着听诊器。

崇高啊，他像巍巍的高山，
让我久久敬仰致意。
清澈啊，他似泉水涓涓的河，
时刻在给大地的沃土灌溉喷滴。

奉献啊，他像不知劳累的黄牛，
一生都在默默地耕耘不知休息。
他的名字，如金击铜钟，
村村回响，人人皆知。

他是我家乡的一位大夫，
为了百姓看病就医，
六十年如同一日，

奋斗至今已满八十一，
还是不忘初心始终如一。

他始终坚持中西医并举
因地制宜并为之践行，
他始终坚定防治结合
以防为主全民健康的真理。

他一生追求做个好人，
他一辈子为百姓疾苦而努力。
他年轻时，仪表堂堂。
他年老了，腰板更直。

他还是兢兢业业，
他还是风霜雪雨。
他还是不分夜昼，
他还是脚底沾泥。

他没上过电视，
报刊也没登载过他的事迹。
他没成为典型，
媒体对他无声无息。

但，在我的家乡百姓中，
他是华佗是白求恩，
他是雷锋是王进喜。
总之，他是人民大众的好兄弟！

他叫王维岾。
他让我佩服、感动和感激。
他不仅具有为乡亲防病治病的妙手，
他还有让我心灵净化之奇功神意。

我今天看到他穿着白衣戴着听诊器，
站在街头小小诊所门前这一幕，
顿时，心潮澎湃热血腾起，
立刻，消除了困惑我自己
很久不知足的本源和根基，
惭愧内疚的心情难以平息……

他的白褂越穿越圣洁啊，
他的听诊器越用越神气。
他是当今人们品质的丰碑，
他是医院大夫们医德的高地！

军旅恋情

老兵相聚①

阅往抚今望未来，　　白发花发乐开怀。
战友恩德泰山重，　　兄弟感情深似海。

千杯万盏喝不够，　　相聚约定细安排。
周六平谷会桃李，　　国庆城里赛茅台。

贺建军节②

祖国长城是坚盾，　　百姓平安风雨顺。
东方巨龙腾空起，　　中华复兴梦成真。

我军建立八十九，　　丰功千秋记民心。
今天举杯贺节日，　　太平盛世靠强军！

---

① 2016 年 7 月 19 日于昌平。
② 2016 年 7 月 30 日于北京。

首长小传[①]

齐鲁大地庆云县，　　世代勤劳农家院。
为了生存弃学业，　　刀枪救国身百战。

擦净血迹建中国，　　美帝侵朝战火燃。
横马挥刀又三载，　　胸挂勋章英雄旋。

功臣勋章表过去，　　首都卫戍起跑线。
警卫目标步步量，　　敌情社情八面观。

改革开放转武警，　　岁过半百又扬帆。
此刻帐下我入列，　　目睹首长日月年。

巨难遇他不再难，　　再苦碰他变甘甜。
在他手下出高手，　　在他面前皆笑颜。

他是领导讲公正，　　他是下级原则先。
他是长辈胸宽阔，　　他是公民心慈善。

离休之后又上岗，　　文物防火大宣传。
恭王府中一老兵，　　兢兢业业十三年。

---

① 2016 年 11 月 27 日晨于北京。

人说七十古来稀，　首长八十书画展。
去年著书军旅情，　战争和平写经典。

首长一生如篝火，　照亮世人千千万。
首长一世如泉水，　涓涓细流润山川。

我尊我敬陈云梯，　学他一世逊和谦。
我感恩德老首长，　幸乘云梯见蓝天！

我已退休三年余，　不忘恩情年年见。
今天拜访心欢喜，　赋诗一首抒心愿。

祭悼洪坤、洪魁战友[①]

今天是烈士的祭日，
我为英雄牺牲三周年祭悼。
洪魁副队长容貌仍在我们眼前，
洪坤参谋长的口令还在耳边萦绕。

消防官兵永记十月的今天，
石景山的百姓怎能忘了今天的日子？
喜隆多商场铭刻十月十一日，
英雄史册留下烈士冲进火海的写照……

我们的战友刘洪坤、刘洪魁，
我山东的老乡，我为之骄傲。
他俩不是亲兄弟，胜过亲兄弟，
他俩不是同胞，胜过同胞。

他俩同为齐鲁儿子，
他俩同为铁军领导。
他俩的名字非常相近，
他俩立起了丰碑，光芒永远闪耀。

---

① 2016 年 10 月 11 日于烟台。

他们勇敢冲锋，
是我们铁军前进的号角。

他们的献身精神，
是我们铁军的瑰宝。
他们优秀的品质，
是我们铁军的聚焦。
他们敢当的作风，
是我们铁军当前的航标！

凤凰涅槃①

歼十呼啸掠长空，　华夏海疆享安宁。
蓝天骄子花木兰，　军中豪杰国精英。

国典受阅飞京城，　珠海航展金凤称。
今晨噩耗余旭走，　凤凰涅槃即重生！

痛悼田老②

噩耗惊魂心灵颤，　火查鼻祖辞人寰。
泰山如碑记功绩，　黄河似泪沟壑淹。

京城消防名元勋，　中消专家尖峰巅。
先生微笑驾鹤去，　桃李悲绝天下遍。

---

① 悼念余旭战友。2016 年 11 月 12 日于北京。
② 田老生前系北京消防局离休干部，是全国著名火灾原因调查专家。离休后又奉命参加五·五空难和千岛湖船难调查，并发挥了关键作用。他离休后再次荣立军功，在全军也是少见的。此诗特为田景章老处长作。2016 年 12 月 12 日于北京。

京城暴雨①

军令如山岂阻挡，　解甲老兵暴雨趟。
军号一声高碑店，　出书为民油墨香。

脾气不改岁月变，　身着便衣想戎装。
今又面临八一节，　风雨有情缅沙场。

---

① 为崔维、王运兴、王悦华战友而作。2016 年 7 月 20 日于高碑店。

通向大海的路^①

培训中心门口有一条路，
路基是铁锹堆积的沙和土。
百米路长直通大海，
它记录了三十多年建设的脚步。

八十年代中期的局领导，
为了消防铁军和祖国的首都。
富有远见开辟了京外领域，
动员乡亲贡献出故土。

自此赴汤蹈火的官兵，
有了加油站和充电的金屋。
黄金海岸上的培训中心，
助力京城大展了消防宏图。

铁军的官兵，
英雄辈出。
来此培训，
沐浴阳光雨露。

---

① 为北京消防培训中心而写。2016 年 8 月 3 日于南戴河。

经过培训的普通官兵，
来到这里如矿石进入熔炉。
离开这黄金海岸，
就是消防的蛟龙和猛虎。

这是历届疗养所的追求，
这是历代建设者的祝福。
门前通海的路啊，
你好像在为我们倾诉：

荒滩芦苇海风吼，
首代洪远筑此路。
继泰老兵接力赛，
海波金磊展宏图。

兵至如归胜似家，
饭菜可口吃胀肚。
教育文化配合紧，
力量聚集最突出。

辛劳应该就是我，
满意休养全家福。
夏季再苦也不怕，
严冬战寒忍孤独。

日月星斗天天转，
四季年年增征途。
光荣传统代代传，
践行宗旨服好务。

通海的路啊，
铁军的路。
见证了京城消防的发展，
融合了铁军四海与五湖。

我们一起的光辉事业，
我们共同的成长道路。
我们一生的消防战友，
我们永远走在通海的征途。

转业鉴定[①]

燕赵哺育成长，　入伍天津消防。
四期士官过届，　坦荡转业地方。

为人谦虚热忱，　处事得体流畅。
业绩记在军旅，　前景更为辉煌。

感召力之悟[②]

动力本质为信念，　合力运作靠样板。
聚力成效在广阔，　用力关键作用点。

软弱疲惫事难成，　内耗过量势必散。
磁场不足无凝集，　自身体会已检验！

[①]　为赵君刚转业而作。2016 年 8 月 7 日于北京。
[②]　2016 年 8 月 15 日于北京。

铁军之福音①

历经了春夏秋冬，　战胜了雨雪狂风。
日夜报送着数据，　时刻掌控着水龙。

智能装备消火栓，　消防铁军代代梦。
今天检测已通过，　临沂经验全国颂。

李庄哥②

戎装警服轮换穿，　军人警察任调遣。
扛枪戍边甘流血，　执法京城愿流汗。

好人之中超好人，　公仆门里清廉官。
选人用人赛伯乐，　公安现役美名传。

① 为消火栓智能终端系统通过国家检测而作。2016 年 8 月 8～26 日于北京。
② 送老战友李庄小诗一首。2016 年 9 月 7 日于烟台。

昭告天下①

长二巨龙傲酒泉，　应令腾飞上苍天。
时值中秋佳节夜，　送给嫦娥新宫殿。

扬眉吐气大中国，　复兴大业谁敢拦。
识时务者为明智，　螳臂当车筋骨断。

亮　剑②

政府声明昭全球，　南海舰机火箭吼。
捍卫海疆我亮剑，　誓与列强拼血肉。

美帝险恶唆菲狗，　仲裁小丑日寇凑。
黄粱美梦一张纸，　惩治流氓用两手。

---

① 贺天宫二号发射成功而书。2016年9月15日于烟台。
② 2016年7月12日于北京。

和谢树俊总工①

真美真爽意境超，　　圣洁宝殿佛门高。
路遥万里来西藏，　　排查隐患进神庙。

防火之责为天职，　　哪有退休之说道。
藏传佛教已显灵，　　树俊百岁也不老。

期盼正规化②

昔驾捷达幼稚娃，　　今率铁军众"战马"。
慈母妻女距千里，　　升职晋校速报家。

忠孝双全古今难，　　苦尽甘来萌芽发。
靳鹏猴年展鲲翅，　　队强家圆正规化。

---

① 为谢哥退休到布达拉宫游览关心、关注防火言行而作。2016 年 9 月 24 日于北京。
② 祝贺靳鹏晋升校官。2016 年 10 月 5 日于北京。

中队的智能化行管①

从起床到熄灯，
从宿舍到餐厅。
从训练到实战，
从课堂到哨兵。
一整套的行管，
全范围的智能。

规章和制度，
是行管依据和生命。
部队的战斗力和执行力，
就体现在日常的落实中。
我们军队的伟大，
有宗旨方向和路线的指引，
还有严格的条例条令作为纪律的保证。

我们都从事过行政管理，
这项工作一直让基层头疼。
吃喝拉撒是人人都必须要做的，
又不能任性更不可失去武装的特性。

---

① 2016 年 10 月 7 日于北京。

懒惰是人人天生都有的基因，
休息也是人人不可缺少的本能。

普通人都有人情世故，
官兵是人，讲纪律更讲感情。
被管者难在日常天天，
管理者难在昼夜不合眼睛。
智能行管研发运行，
使行政管理工作实现质的飞腾！

探头二十四小时不用休息，
计算机没有情面只有编程，
硬件硬得杠杠的响，
软件软得不漏半点儿缝。
规章制度制定是权威，
规章制度落实为权威兑现了公正。

基层官兵口服心服，
中队思想政治工作十分火红。
士兵士官团结一心，
各项任务全面高效完成。
公生威，廉生敬。
平生亲，诚换情。
执行力空前，战斗力猛增。

这是智能行管的效果，
这是物联网在中队的应用。
这是传统做法与现代技术的结合，
这是行管工作新的里程。
这是我军思想政治工作的进步，
这是科学技术的动能。

这一智能管理的速度，
使行管绩效成倍提高。
这一智能管理的方向，
使我们的行管工作战无不胜！！

重庆相聚①

火锅聚四海，　麻辣飘五洲。
分别十几年，　重庆喜握手。

举杯忆往昔，　畅饮豪情投。
三瓶不够喝，　久逢好战友。

平谷菊花宴②

立冬次日天湛蓝，　佟崔③又邀菊花宴。
军人作风依如故，　华发再增又一年。

迈进大棚落花海，　浓彩淡香飘欲仙。
一色消防退休人，　赏菊品酒情义恋。

① 相见武警重庆总队周新战友。2016 年 10 月 15 日于重庆。
② 2016 年 11 月 8 日于平谷。
③ 佟为佟杰、崔为崔庆两战友。

师徒欢聚①

大江南北消防人，　同师共尊张宝林。
水带速铺手把手，　拉梯登高步步跟。

曾经一吼火魔颤，　曾育将校千万军。
今日师徒平谷聚，　退休更感恩情深。

致凯文将军②

是学者当任教员，　当领导管过公现③。
干消防荣升将军，　爱摄影全球踏遍。

路清晰，历历在目，　业辉煌，高悬招展。
咱冯哥，战友领导，　出火海，又入冰川。

---

① 2016年11月8日于北京。
② 为期盼分享冯凯文南极摄影佳作而作。2016年11月13日于北京。
③ 指公安现役部队，即边防、消防和警卫三个警种。

航天英雄归来^①

一月走亲宇宙访， 飞船宫二苍穹逛。
今日使者从天归， 景陈战友回营帐。

泰山敬佩献诗画， 黄河动情放声唱。
中华复兴势滔滔， 历史潮流不可挡！

嫦娥探亲不再难^②

华夏文昌竖巨箭， 牵动人神不合眼。
织女泪迎家乡客， 玉帝笑颜宫门站。

美俄垄断成历史， 五星红旗宇宙转。
我架银河空中桥， 嫦娥探亲不再难。

---

① 为景海鹏、陈冬战友归来而作。2016 年 11 月 18 日下午于北京。
② 为"长征五号"火箭首飞成功而作。2016 年 11 月 3 日晚于北京。

我们为航天英雄骄傲①

中国的航天，
航天的英豪。
无论是三次飞天的景海鹏少将，
还是今晨首次飞天的陈冬上校，
他们都是中国军人的骄傲。

他们在开辟登天之路，
他们在茫茫宇宙赛跑。
从杨利伟首次飞行，
到景、陈第五次飞行环绕；
从二十二小时空中遨游
到三十三天宇宙科考。

这么短时间里的进步，
印证中国与世界的赛跑。
这一巨大的跨越，
对手消遁，
失去了参照物的比较。

---

① 为神州十一号载人飞船发射成功而作。2016 年 10 月 17 日于 820 次列车。

来吧！各位强国！
看吧！祖国同胞！
我们要与太阳握手，
我们要和月亮拥抱。
我们还要与火星座谈，
我们更要与银河探讨……

这是人类久远的梦幻，
这是所有中国人的梦绕。
这是当今强国的标志，
这是科技势力
欲与外星比谁高。

我们掌握着航天科学的杠杆，
我们驾驭时空在宇宙科考。
我们克服着千难万险，
我们经历着常人无法感受的奥妙。

景海鹏少将和陈冬上校，
您们是中国人民的航天英雄，
您们是中国航天人的代表。
您们是我们解放军的一员，
您们是我们军人的自豪和骄傲。

珠海航展①

中国珠海佛光闪， 航空航天国际展。
歼机二〇双飞秀， 运轰预警频亮剑。

上月神宫巡宇宙， 今天战鹰海天连。
东方巨龙腾空起， 中华复兴谁能拦？

战友画的山水②

军人对山的情怀， 画家对水的眷爱。
多么完美的结合， 何等统一的节拍！

志松是山水画家， 画家从军营走来。
山美是兵之骨骼， 水秀乃兵之血脉。

---

① 2016 年 11 月 2 日于北京。
② 为李志松战友作。2016 年 11 月 28 日于北京。

智慧威海消防强①

智慧威海华夏扬，　物联网络架桥梁。
数据传输遍云天，　计算储存似海洋。

科技发展日月异，　各行各业创新忙。
安全至上大课题，　消防率先是硬仗。

老兵退伍②

退伍老兵起新航，　操场顷刻涛声响。
谁说男儿难流泪，　哭声如潮泪水淌。

兵役完结新征起，　胸有长城走四方。
今日退伍不褪色，　军营输出不锈钢。

---

① 为威海消防官兵信息化建设而作。2016年12月1日于北京。
② 2016年12月3日为老兵退伍而作。

北京清河消防①

首都铁军华夏扬，　赫赫功绩震天响。
百姓皆知御林军，　业内还晓京外将。

清河平安担重任，　茶淀果香源消防。
老兵回队万慨情，　欣喜事业代代强。

王发江支队长②

王者风范支队魂，　火场骁将博儒文。
救险科技亮齐鲁，　智慧消防威海孕。

物联网络大数据，　云天计算信息勤。
生产安监显身手，　乐居百姓赞铁军。

和李进战友①

人生一瞬不悲观，　积善成德记河山。
戎马一生勋章在，　君可白苏攀一攀。

和马振国战友②

欲渡黄河无天险，　想过太行谁敢拦。
壶口瀑布如战鼓，　万马奔腾咱领先。

---

① 2017 年 1 月 2 日于烟台。
② 读马振国诗句有感。2017 年 1 月 6 日于北京。

好战友　亲弟兄①

乡亲战友王玉龙，　京城国门守边控。
迎送五洲四海客，　结交天涯海角朋。

性格豪爽山东人，　助人高品活雷锋。
机场边检好领导，　我的战友亲弟兄。

故宫消防中队②

戎装入伍进故宫，　建队守护紫禁城。
中队华诞四十二，　新老消防今相逢。

城墙见证专业好，　宫殿记录作风硬。
首都铁军教导队，　功勋中队树标兵。

---

① 为玉龙乡友而作。2017年1月14日晨于北京。
② 老兵重返中队之感。2017年1月22日作。

祝卫华履职中原[①]

京城铁军大学堂，　学霸高才进消防。
笔墨出众选顶层，　公安纪检名声响。

封疆为国履新任，　中原大地欢歌扬。
旗开得胜我祝福，　战友举杯盼晋将。

东营消防[②]

铁打军营流水兵，　路经东营念弟兄。
老兵解甲已多年，　红门相会叙友情。

黄河入海淌圣地，　胜利油田在此生。
齐鲁自古出英杰，　东营消防代代红。

---

① 2017年2月9日于北京。
② 为东营消防支队而作。2017年2月14日于东营。

长岛消防的春风①

天空还在飘洒雪花，
大海还是波涛涌动。
长岛消防营区里，
刮起了正月的春风。

春风来自消防的首长，
春风来自我们曾同吃同住
一个班的老兵。
春风来自省城消防总队，
春风来自让我们的
总队长张明灿和政委马先宏。

马政委2月13日的回信，
如我们守岛消防的明灯。
"艰苦不当资本，缺钱不缺精神"。
这是亲切的教导和叮咛。
总队长2月14日的回信，
给了我们长岛官兵号令。
"唱响爱岛歌，种好爱岛林。"
这是我们海岛消防的心声。

---

① 为长岛消防大队作。2017年2月21日。

消防是我们的职业，
消防的事业无比神圣。
消防为的是社会大众的安全，
消防是我们的使命。

请首长放心，
请战友相信。
我们长岛消防大队的官兵，
牢记首长指示迅速行动。

我们决不辜负人民的信任！
在新的一年中，
按照支队党委和政府的要求，
向定好的目标冲锋！！

长征颂①

雄壮豪迈的战歌，
震撼心肺的鼓乐。
大气磅礴的画卷，
永远燃烧的篝火。

八十年前的这一历史，
今天又给我们上了新的一课。
再次重温一下伟人的教导，
再次缅怀一下长眠的革命英烈。

壮举啊，
伟大的长征！
震撼啊，
长征的豪杰！

转战十一个省份，
攻占七百多个城池。
历经三百多次激战，
突破数不清的围追堵截。
革命种子撒满了整个征途，
红色长缨染红半个中国。

---

① 2016 年 10 月 12 日于北京。

万难困苦壁垒，
千险危急众多。
红色边区被毁，
农工政权倾斜。

红军在阵地献身无数，
伤员在不停地流着鲜血。
封锁再封锁，包围再包围，
年轻的军队已弹尽粮绝！
中国革命危在旦夕，
旗帜或许改变颜色？

共产党伟大英明啊，
领袖们展现出果敢的气魄。
突围、转移，遵义会议统一了主张，
革命的航船选择了毛泽东掌舵。

赤水浪涛急，
四渡响凯歌。
巧取金沙江，
强攻大渡河。
飞夺泸定桥，
草地雪山过。

三十万的红军，
余下三万星火。
从瑞金到会宁，
二万五千里征程，
洒满了沸腾的热血。

泣鬼神，
震山河。
撼心灵，
前古绝。
海涛拍天，
云在燃火。

共产党升华了为人民奋斗的魂魄，
人民军队炼成了钢铁的意志和骨骼。
贫苦百姓终于看到了希望，
中国抗日和解放的事业，
装备上了新型的利剑和锐戈。

长征是宣言书，
长征是宣传队，
长征是播种机。
是我们的胜利，
敌人的失败而告结束。
这是伟人毛主席的概括。

长征啊，长征！
您是世界历史上的空前，
您是革命进程中的强者。
您是共产党宝库中里的瑰宝，
您是我军转危制胜的伟大战略。

长征啊，长征！
今天是您八十寿辰，
我为您祝福写诗献歌。
您的壮举铭刻大地，
您的丰功写入史册；
您的传统发扬光大；
您的精神已成为，
我们后人的魂魄……

您是胜利的旗帜，
我们今天向您宣誓，
面对着长城和黄河：
在习近平同志为核心
的党中央率领下，
为了人民大众的事业，
甘愿流尽一腔热血！！！

夕阳彩霞

晨　练①

白发扶车晨荫行，　　鬓霜夫妻喜跟踪。
耄耋回首慈祥笑，　　二人箭步接耳听。

同享霞光无限美，　　忠尽孝启心里平。
太平盛世勿忘忧，　　期盼天下共安宁。

贺新郎②

福山福地夹河长，　　孕育灵童滋学郎。
深造离家奔省城，　　学业辉煌入消防。

白面书生成铁军，　　文武双全晋队长。
今日回家再当官，　　荣升新郎鞭炮响。

---

① 2016年7月14日于北京。
② 祝孙东新婚大喜作。2016年8月7日于北京。

七夕情①

风华扛枪离故乡，　正茂守京当牛郎。
党恩胜过王母情，　七年筑桥聚营房。

耕耘织布儿歌甜，　城墙坚固民心畅。
半百奉令别妻女，　鲁津八年验忠良。

城　市②

街道人车堵，　栖困混凝土。
出屋电梯愁，　行路汽车苦。

路堵怨声多，　邻居缺话语。
碰面如没见，　躯废情魄秃。

呼吸雾霾陪，　蓝天屈指数。
下雨街成河，　飘雪城无路。

---

① 七夕节有感。2016 年 8 月 9 日七夕于北京。
② 2016 年 8 月 18 日于北京。

看病挂号难，　饭馆吃坏肚。
人尊荡无存，　狗权高调呼。

向往变失望，　辉煌沦废墟。
横刀速立马，　习总率征途。

喧闹与寂静^①

夜光隐退又黎明，　都市喧闹村寂静。
寂静淡雅工笔画，　喧闹重彩车潮涌。

居雅羡慕浓重彩，　闹市盼望何时宁。
熊掌与鱼难兼得，　四季哪能缺夏冬！

敦煌行^②

敦煌惊世经万卷，　历史文化历千年。
大漠浩瀚有绝景，　奇观鸣沙月牙泉。

大师到此灵感涌，　创作激情缘无边。
挥笔沙山随之鸣，　墨至月牙水漫天。

---

① 2016 年 7 月 19 日于北京。
② 为乡友德章写生而作。2016 年 8 月 19 日于北京。

休养所的木亭①

恬静守立树林中， 亭内排椅石桌凳。
年年温情陪铁军， 勇士灵感源源涌。

消防骁勇人人晓， 挥毫泼墨浓浓情。
石刻垂柳草坪见， 诗画杰作诞木亭。

休养所写生②

临海咫尺百米远， 明珠镶嵌黄金岸。
石刻"忠诚"迎铁军， "爱警"红岩立眼前。

庭院欧建悦双眸， 窗含古亭园林恬。
培训休养壮勇士， 猛虎添翼火场见。

---

① 2016年8月5日于南戴河。
② 2016年8月4日于南戴河。

入　学^①

秋风送爽天地阔，　燥热逃逸童叟乐。
栽下松苗育栋梁，　爷牵孙子喜上学。

中医讲座感悟^②

预防重于治病患，　治疗首要明根源。
对症下药是根本，　净化排毒第一关。

调动人体自愈能，　实现健康并不难。
坚持科学讲饮食，　运动心态紧相连。

---

① 2016年8月25日于北京。
② 2016年8月30日于北京。

庆 寿①

天高湛蓝谷飘香，　渤海碧绿映朝阳。
四方儿孙召膝下，　八十寿辰聚一堂。

举杯喜庆心身健，　敬酒祝福寿无疆。
恩德永恒如日月，　情感浩瀚如海洋。

杭 州②

时空聚焦宋故都，　今天杭州世羡慕。
全球政要G20，　习总主持谋前途。

一个轮回八百年，　兴衰荣辱映西湖。
天地有情正义在，　中华奋起复兴路。

---

① 为岳母八十寿辰而作。2016 年 9 月 5 日于烟台。
② 为 G20 会议召开而作。2016 年 9 月 5 日于烟台。

九月的收成①

五洲聚焦西湖岸， 天宫二号苍穹转。
深圳国建基因库， 珠港澳海大桥连。

银锅探宇船乘梯， 宫古日空辟航线。
秋风横扫世界冷， 中华亮剑鬼魔寒！

国　庆②

中秋月色美， 国庆神州红。
金秋盛节多， 巨龙华夏腾。

建国六十七， 赶超世界行。
恩德共产党， 铭记毛泽东。

---

① 2016 年 9 月 27 日于北京。
② 2016 年 10 月 1 日于北京。

十月的烟台①

白云游空天湛蓝，　海鸥戏浪绕帆船。
层林尽染山川秀，　丰收秋色五彩艳。

城市建设功能全，　农村发展引领先。
齐鲁明珠烟台美，　国家名城走在前。

山城江城不夜城②

山谷起伏楼连楼，　葱葱绿植生态秀。
江河滔滔桥列队，　火锅佳肴香全球。

历史名城故事多，　现代直辖巨成就。
人杰地灵重庆美，　华夏明珠照千秋。

---

① 2016 年 10 月 10 日于烟台。
② 2016 年 10 月 15 日于重庆。

红岩魂①

歌乐山冈红岩魂，　三拜先烈今又临。
敬仰队伍如长龙，　崇高信仰胜黄金。

重庆麻团②

大厨有硬功，　魔术锅中生。
双手挥双勺，　麻团滚滚成。

玩耍有艺术，　食客饱眼睛。
民间高手在，　川菜真正宗。

---

① 2016 年 10 月 16 日于渣滓洞。
② 2016 年 10 月 16 日晚品杨记隆福有感。

软 卧①

一对上下铺， 一间长方屋。
呼吸耳边响， 气味闻一路。

渝京千余里， 心潮万起伏。
诗句真情表， 昼夜返京都。

嘉 祥②

曾子故里孔府旁， 汉代石刻远远长。
左邻汶上舍利塔， 右侧运河千年淌。

山水记录历史久， 泥土散发文化香。
望着田间秋色美， 走在街巷品嘉祥。

---

① 2016 年 10 月 17 日 21 时写于列车上。
② 2016 年 10 月 20 日于济宁嘉祥县。

曲 阜^①

孔府门外如家聚，　　犁铧挚友举杯喜。
夜读《论语》悉天下，　晨思《春秋》悟规律。

圣人圣教圣曲阜，　　儒家学说诞生地。
晚辈敬仰孔夫子，　　人之师表授仁义。

艺术天堂^②

经典之艺术，　艺术之典藏。
大师绝杰作，　神工尽巧匠。

中西美学联，　古今文化淌。
世界吉尼斯，　京城立东方。

朝林松源店，　富丽加堂皇。
堪比美术馆，　显现秦阿房。

视觉感观美，　心品文化香。
下榻在此地，　疑似游天堂。

①　2016 年 10 月 20 日于曲阜。
②　2016 年 11 月 1 日晚于北京细品朝林松源有感。

贺八届书坛书法展①

八届书坛大连展，　新人新作珠玑连。
太平盛世书杰聚，　中华复兴载诗篇。

惜日戎装浮眼前，　解甲归田恋公安。
乐饮墨汁美华夏，　喜舞笔龙长城坚。

喜获国家认证之感②

消防岗上退休兵，　解甲一心搞发明。
团队死缠消火栓，　攻克监测全智能。

抢险灭火半辈子，　头痛水源近一生。
今启灭火水有魂，　此开战车身增灵。

---

① 2016 年 7 月 18 日于北京。
② 为消火栓智能终端监测系统获得国家认证、感谢消防产品合评中心和公安部天津所而作。2016 年 10 月 31 日于北京。

中厄桥梁颂①

中厄相距如天涯，　邦交互惠亲一家。
友谊情感如兄弟，　习总访问锦添花。

知己天涯桥梁美，　侨领张瑛②恰嫣姹。
美洲感恩赤道铭，　"一带一路"走天下。

韵记开业③

头顶之发高至上，　神剪妙手容增光。
西豪逸景又一景，　阿华旗舰驶远洋。

---

① 为习近平主席访问厄瓜多尔而作。2016 年 11 月 17 日晚于北京。
② 张瑛同志系同村同学，现侨居厄瓜多尔。
③ 北京西城区手帕口地区韵记理发店一位老顾客祝贺。2016 年 12 月 9 日作。

通　州^①

通达八方高速行，　州起京杭运河生。
千年水路万古史，　今展通州新北京。

副都高楼成片起，　新城地下蛟龙腾。
予庆邀约通州酒，　老友又添新弟兄。

清香阁^②

五湖四海入红门，　消防情义比海深。
曾在齐鲁战火场，　京城相聚弟兄亲。

千杯万盏清香阁，　万语千言叙昔今。
明天京鲁相距远，　一生情感心连心。

---

① 为予庆文、波如江和世杰相聚而作。2016 年 12 月 10 日于通州。
② 为王刚燕、福滕波、文军、李山东、祥春程等战友而作。2016 年 12 月 13 日于清香阁。

蓬莱仙阁①

楼阁古亭居山峰，　　苍松翠柏郁葱葱。
城墙入水迎海浪，　　海鸥戏涛空中鸣。

八仙过海自此行，　　四大楼阁华夏颂。
德章大作床前挂，　　仙境何时太阳升？

为文军书画点赞②

书法凤舞雁列，　　绘画彩霞皓月。
情感瀑布飞腾，　　意境蓬莱仙色。

红门文化俊才，　　铁军艺术豪杰。
战友深感骄傲，　　祝君书画更特。

---

① 品卫德章国画《人间仙境蓬莱》有感。2017 年 1 月 1 日于烟台。
② 观战友刘文军书画有感。2016 年 12 月 17 日于北京。

人民节[①]

苍天有泪化为雪， 大地白洁空悲切。
人间情感正道在， 百姓自发人民节。

韶山广场人如海， 纪念堂前长龙列。
伟人诞辰纪念日， 长城内外尽红色。

辞旧迎新[②]

年尾压轴在今天， 梳理一年筹明年。
岁岁如此有不同， 绩效平庸皱纹添。

人生旅途何其短， 时光珍贵金难换。
今驾日月追朝夕， 分秒必争兑夙愿。

[①] 为纪念毛主席诞辰 123 周年而作。2016 年 12 月 26 日。
[②] 2016 年 12 月 31 日于烟台。

新年祝福①

国之版图雄鸡立，　鸡鸣夜空黎明启。
今年盛事十九大，　神州百姓鸡年吉。

祝福国家梦实现，　祝福军队世无敌。
祝福人类享和平，　祝福您我心如意。

元宵节②

汤圆洁白圆又甜，　元宵赏灯赏月圆。
鸡年上元今天到，　中华民族家家欢。

喜逢盛世感恩德，　华夏复兴举国盼。
国强民富是天道，　皓月骄阳神州赞。

---

① 2017年1月27日除夕于北京。
② 2017年2月11日于北京。

崭新的军工之路①

昨天，
我走进了神秘的 206 所车间展室。
今日，
又迎来了我久仰的军企专家兄弟。

过去我见到 206 所，
您深宅大院高墙上耸立，
让我更加感到渴望无比。
我曾用过的武器上刻着编码序号，
还记得它署名 206 所研制。

现在见到您 206 所，
您敞开大门在欢迎我，
您的工作人员热情大方还彬彬有礼。
我是主动来提意见的老兵，
认真准备了好多话题。

我一九七八年二月入伍，
练过刺杀投弹和实弹射击。
用过半自动步枪、自动步枪，

---

① 参加航天科工集团二院 206 所与北京特域科技有限公司座谈会有感而作。2017 年 3 月 3 日晚于北京。

还当过班用机枪的主射手，
曾参加过多次比赛和演习。

我当过电影放映员，
放过两年多的电影
该算是我特殊的经历。
我给首长放过资料片保密片，
《实践的检验》我永远铭记。

我奉令转为武警内卫又干过消防，
经过重大警卫现场和频频火场的洗礼。
我曾率队参加汶川地震抢险，
至今解甲数年总在思索回忆。

我之体验
武器装备的可靠性，要高于一切，
武器装备的先进性，是现实的急亟。
武器装备的研制，要与使用相结合，
武器装备的发展，要军地融合紧密联系。

装备一直是产自军工企业，
武器研发始终离不开进步的科技。
半自动步枪不能连发，
自动步枪能连发但命中率太低。
我曾刻苦训练过，

但，效果微乎其微
汗和泪白流白滴。

我没参加中越边境反击战，
但我放过来自战场纪录片多部多集。
我们的武器缺陷造成了无辜牺牲，
我们的装备失灵发生过不该有的损失。

警卫现场设备出错时有发生，
灭火战斗时消火栓没有压力。
抢险破拆紧急关头，
液压渗出油　气压漏了气。

有些装备的研制，
闭门造车没有联系实际，
有些装备使用中，
设施不齐全，备件不合体。

这些事情过去经常出现　屡屡发生，
这些现象形成难解的课题。
教训使我们聪明起来，
党和国家已出台军工发展大计。

撸起袖子一起加油干吧，
我们的专家学者和军人兄弟。
撸起袖子一起加油干吧，

军工企业和全社会不同的所有制。

不能再浪费资源了，
要研发制造和使用始终一致。
不能再封闭了，
要将全社会的力量集结统一。

用最高标准，
用最好技术。
用最快速度，
用最强国力。

军队是国家的钢铁长城，
国防是全民的首位第一。
杀手锏是国之武器装备，
中国军工崭新道路
必将改写世界的历史！

爱憎印记

我梦牵魂绕着三沙①

大海的明珠，
中华的三沙。
年轻的城市，
美丽的奇葩。

我自幼梦幻她的容貌，
我一生都难忘连环画中的她。
我初恋她源于《南海风云》的电影，
我参军初心就是为了保卫三沙。

岛礁之美丽，
海景甲天下，
资源丰富极，
天阔之广大。

水，清澈见底，
天，湛蓝衬霞，
风，温暖劲吹，
浪，亲切拍打。

---

① 2016 年 11 月 20 日于北京。

历史悠久，
传承着文化。
文献史料，
镌刻着韶华。

沙土珍藏着我们祖先的血汗，
礁石刻有我们先辈打鱼捕虾。
她与华夏血脉相通骨肉相连，
中华海疆最南端是曾母暗沙。
我们家庭世世代代和睦相处，
中华民族给她起的乳名叫作：
西沙、中沙、南沙。

列强发动侵略战争，
战火强加于我文明的华夏。
善良的中国受尽敌寇凌辱，
我之三沙同祖国一样血泪俱下……
抗战赢得胜利，
疆海获得回家，
三沙又回归我之中华。
忘恩负义的越南妄图侵占，
华夏儿女再次献身血洒，
夺回了西沙！

三沙与国家同步发展，
三沙与民族一起壮大。
越菲之流垂涎又起，
祖国南海又遭新的践踏……

我们为了邻国邻邦和世界大局，
曾大度善意提出了共同开发。
大小霸权阳逢阴违暗中勾结，
胃口和野心竟然越来越大。
他们得寸进尺，卑鄙操纵国际法律，
妄想仲裁我们疆海和国家。
我们三沙的人民
和祖国一起挥刀上马，
在国际论坛上进行全面反击；
在南海的天空海面和陆地
以舰机相对，以牙对牙！

山寨版的国际海洋法庭草草收场，
美国的航母销声匿迹逃遁回家。
美丽的南海回归了宁静，
俊俏的三沙更加红紫嫣姹。

这好像是昨天的故事，
这是千真万确的史话。
这是中华民族衰兴的缩影，
这是历史教科书中的三沙。

从军四十年的老兵，
解甲今天的我，
仍可用大数据扬鞭催马。
保卫祖国安全，
振兴民族中华，
我的头和血甘愿抛洒。

为三沙创作这首诗歌，
是我很久很久的夙愿。
我从青丝开始书写，
写到此刻已满头华发。
这就是我一个老兵的诗，
今天郑重献给我亲爱的三沙！

我和我的战友一样，
夜夜梦里在守护着南海。
我与百姓民众相同，
日日牵挂着神圣的三沙！

清　泉①

山谷深处清泉幽，　四季昼夜涓涓流。
滋润大地为己任，　毕生尽瘁山川秀。

生命来自岩石里，　形态柔韧美剔透。
社会发展江河奔，　人生如涓孜孜求。

玉生堂赞②

华夏中医奇彩照，　人类魁宝五洲耀。
三部六病哲理绝，　宗师弟子德医高。

官民贫富同敬重，　疑难杂症把脉晓。
远程医诊奉天下，　灵丹妙药廉价草。

---

① 2016 年 10 月 6 日于北京。
② 为三部六病传人宿明良专家作。2017 年 2 月 9 日于北京。

女排精神赞①

昔日排坛霸天下，　扬眉吐气励中华。
拼搏精神感全民，　大江南北劲奋发。

月盈月缺是规律，　低谷历险不惧怕。
顽强意志灵魂在，　强悍对手里约垮！

动车真英雄②

急回京城夜盼星，　雾霾肆虐高速封。
车堵公路飞机歇，　锐界弃烟动车乘。

穿越雾海夺分秒，　一路斩霾千里行。
雾霾无阻正点到，　可怜汽飞傻等风。

---

① 喜闻女排夺冠而书。2016 年 8 月 21 日于北京。
② 雾霾气象里乘坐动车有感。2017 年 1 月 3 日于动车上。

沐青之恋①

一家三代享休闲，　　惯例养成沐青恋。
因人所需尽其能，　　各自其得乐整天。

儿童兴奋寓教美，　　长辈幸福展笑颜。
洗浴美食诱人极，　　做东价廉真体面。

年来到②

北风吹呀雪花飘，　　二尺头绳迎年到。
板胡余音耳边响，　　喜儿难寻红歌少。

忘记历史是背叛，　　缺少信仰无崇高。
现实更是教科书，　　今天又见"杨白劳"。

① 2017年2月13日为东营沐青分店作。
② 2017年1月26日晨作。

新春团拜会①

京城铁军今喜悦，　辞猴迎鸡过佳节。
欢歌声声笑颜开，　老兵新兵尽春色。

一六双先获全奖，　一七目标清晰列。
消防辈辈英雄在，　首都平安百姓乐。

贡献者之歌②

文昌航天荣获奖，　特域科技登军榜。
为国争光咱有份，　甘洒汗水拼辉煌。

中防通信信号强，　塞北中心国巡航。
公共安全启智控，　祖国又增新城墙。

中医远程已起航，　瑰宝当今放金光。
为国为民为世界，　药膳同源玉生堂。

---

① 为消防局团拜会而作。2017 年 1 月 20 日于西直门。
② 为王玉生同志而作。2016 年 10 月 10 日于烟台。

表 达[①]

无论平平仄，　还是仄平平。
面对人间事，　词诗表真情。

民众之冷暖，　笔下彰黑红。
魂魄统躯体，　精神立碑功。

美女与狗[②]

晨练我在公园走，　美女与狗在交流。
占据游人公共椅，　梳着狗毛聊不够。

认狗为儿纯私事，　以狗为娘是自由。
狗也未必会认可，　众目睽睽美变丑。

---

① 2016 年 9 月 5 日于烟台。
② 2016 年 7 月 12 日于北京滨河公园。

不该发生的事情①

野生动物园，
猛兽屡伤人。
多次见媒体，
不是新闻的新闻。

老虎叼走车旁的女子，
下车救险男子犹豫于车门。
视频录像曝光后，
揪碎了电视观众的心。

一死一伤极恐怖，
生命代价教训深。
不能下车而下车，
不该狂妄任性劲。

堂堂男子大丈夫，
应该立断定乾坤。
车门万万不可开，
无奈时当武松铁拳要狂抡。

规矩不该当儿戏，
我行我素害死人。
守法遵章是公德，
汲取教训始于今。

---

① 2016 年 7 月 26 日于北京。

规　则①

冷冷硬硬，
如同寒冰。
貌似无情胜有情。

践踏规则，
它是猛虎。
丧命九泉进鬼营。

遵守规则，
相遇枪矛，
盔甲护你心胸静。

崇敬规则，
春光无限，
法器陪同天下行。

规则是尺，
规则是衡。
社会秩序之生命。

---

① 2016 年 7 月 30 日于北京。

土豪的辉煌①

自然造化绿海岸，　海水亲吻金沙滩。
环绕昌黎玉带秀，　闻名华夏风景线。

今昔观光天壤别，　沙滩漫步甜变酸。
栅栏圈占保安守，　权力任性钱无惮。

---

① 观黄金海岸有感而书。2016 年 8 月 4 日于南戴河。

错了，就要认错①

铁路是运输之动脉，
纵横交错关系到国民生活。
铁路是百姓的交通工具，
名字是全民姓氏叫中国。

人民不忘，祖国记得，
我们的铁路历史上功绩卓绝。
抗日你和游击队员驰骋枣庄，
灭蒋你与人民军队跨越华夏山河。

建设祖国你争分夺秒，
呕心沥血拼了生命和骨骼。
改革开放焕发了青春，
你诞生了骄子动车和高铁，
并走向了世界遍及了祖国。
饮水要思源初心不忘却，
铁路成绩的取得，
依靠的是宗旨的魂魄，
依靠的是百姓的脊梁，
得益于光荣传统和开放特色。

---

① 长沙火车候车室事件有感。2016 年 8 月 20 日于北京。

可惜啊，在荣誉前你昏了头脑，
竟得到人民政协委员的如此指责：
"长沙火车站要钱不要脸！"
多么尖锐，一针见血。
我在羞愧啊，我万分难过。

你不该不知大众候车时的煎熬和炎热，
你不该不知你的吃穿都是百姓的汗与血。
你不该不知铁路的宗旨，
你不该不知钱是福也有祸。

你不该任性想怎么就怎么，
你不该当铁老大就心安理得。
你是全民的企业，
你的总经理也是为了国家在扛货拉车。

你错了，长沙火车站，
错得离了谱，错得不能不让人民诉说。
我为长沙站为铁路流泪，
我为人民为国家呐喊拍案。

人民利益神圣无比，
法律至上高于一切。
错了，就是错了，
领导必须改正和认真思过！

骗子及帮凶的疯狂①

家境贫困十八岁姑娘，
实现了大学梦的时光。
让骗子骗走了九千九百元钱，
心脏骤停灵魂走向了黄泉路。

科技应为社会发展提供无限动力，
网络应给人们生活带来方便和解放。
但，科技网络都是双刃剑啊，
掌控不好就会出现内伤。

准大学生徐玉玉之死，
让人震惊、痛心断肠。
是坏人利用科技网络犯罪，
是骗子和帮凶的搭奸勾当。

当前骗子之多人人皆知，
现今帮凶泛滥善良受伤。
骗子罪大恶极，
帮凶罪责必偿。

---

① 2016 年 8 月 25 日于北京。

骗子要打尽抓绝，
帮凶要对号曝光。
乱作为和不作为都是帮凶，
漠视信息泄露使骗子嚣张与疯狂。

徐玉玉不能白白死去，
骗子和帮凶必须押上审判场。
还公平正义的蓝天，
让大众百姓享受应有阳光。

法治不能再空喊了，
生命必须有保障。
全社会总动员，
用法律来武装。

善良的人们成为火眼金睛，
永远不上当，
骗子及帮凶必被绳之以法，
丧尽天良恶魔没有好下场。

高铁商务座①

半个车厢五沙发，　孤独一人心不踏。
如此享受该自责，　公共资源浪费大。

普通座位买不到，　商务票价乘者傻。
市场规律人皆知，　央企铁路无东家。

物归原主谁带头②

济南奥体荷与柳，　耗资无数一时秀。
今仍高傲受冷落，　何时热闹让人愁。

场馆建设为社会，　百姓健身绕道走。
资源浪费为哪般，　物归原主谁带头？

① 2016 年 10 月 8 日乘商务座有感。
② 又见济南奥体中心有感而作。2016 年 10 月 21 日于济南。

圆明园^①

周六与妻出家门，　冷风扑面叶落身。
挤车来到圆明园，　感慨万千思昔今。

残墙断垣在诉说，　皇家废墟在呻吟。
泪水今淹列强魂，　挥笔书文控罪人。

铭记历史灭诡计^②

（一）

近代现代中国史，　民族衰亡转兴起。
列强频挑内外战，　洋夷获利国人泣。

人民共和新中国，　民族团结日月异。
一国两制前程好，　世界东方升红日。

---

① 2016年10月29日于北京游览圆明园有感。
② 人大释法有感。2016年11月8日晨于北京。

（二）

人大释法履职责，　国家统一大前提。
揭穿小丑汉奸露，　助洋辱国定我敌。

历史是本教科书，　国人应该牢牢记。
复兴大业在眼前，　中华团结得胜利。

美国大选辩论①

两党候选争总统，　恭维言行露匕首。
公知奉为民主楷，　百姓嘲讽耍小丑。

时光荒废富甲玩，　伤财劳民穷人愁。
政体之路各有道，　民主法制看我走。

---

① 2016 年 10 月 25 日于北京作，有感于希拉里与特朗普辩论。

灾难面前的反思①

江河屡船沉，
公路频车祸。
建筑常坍塌，
灾难太猖獗！

生命只有一次啊，
安全人人有责。
相关单位和人员履职要全面到位，
灾难过后必须有个郑重教训和总结。

民众百姓要有安全意识，
侥幸心理千万千万要不得。
媒体应多宣传防灾知识，
聚焦影星歌手早该歇一歇。

预报研发要加速，
智能运用早入列。
科技手段快装备啊，
民众的需求太急迫！

---

① 江西丰城在建电厂冷却塔坍塌有感。2016 年 11 月 24 日晚作于北京。

生命无比神圣，
谁也不能略过。
安全本应共享，
人人都该有责。

含泪看着新闻，
看到战友在抢险拼搏，
我急盼飞到现场一线，
亲手破拆搜救并运用汶川时的战术和战略……

争分夺秒不停歇，
黄金时刻不错过。
用我之生命换取众多生命，
用我的鲜血换回建设者的热血！

我大中华人口再多，
这是我们祖国的福分，
我中国人的生命力再旺，
应该更加珍贵特别。
是天灾必须加强预防，
让全社会的民众了解懂得。
是人祸坚决查到水落石出，
七十四条生命不能被剥夺，
背后的凶手一个也不能逃脱。

谁胆敢无视安全，
让他加倍偿还一次一次流血，
谁再敢失职渎职，
让他永远永远罪恶不赦。

社会发展追求的
是人类幸福和愉悦，
生命是基础的基础
尊严是人格的人格。
注重安全，
人人有责。
关心生命，
你不特别。
防灾减灾，
咱都有份。
共同携手，
分享着平安
幸福的生活。

北塘古镇①

新生古镇超壮阔，　中西拼凑硬撮合。
粮田万顷变店铺。　大街小巷人影绝。

造古受宠遍地见，　劳民伤财景色特。
肝颤心疼走一段，　良心责问谁之过。

雾霾城景②

太阳无光城蒙蒙，　彩霞遮蔽影无踪。
街闲车歇闹市熄，　路见熟人难识容。

诗仙遗憾不逢时，　绝景抒怀此篇空。
虽生今盛吾不才，　穷尽字词拙写生。

① 2016 年 12 月 8 日晚于塘沽。
② 2016 年 12 月 18 日晨于北京。

平安夜圣诞节[①]

华夏文明五千年，　气象历节文化杰。
西方泊来圣诞树，　洋节狂欢平安夜。

商人赚钱出高招，　媚外追崇心裁别。
消防官兵战备守，　平安圣诞煎夜绝。

全聚德逝变[②]

京城品牌全聚德，　百年美名烤鸭绝。
今啃老本价离谱，　聚德已逝全变缺。

---

① 为消防战友而作于平安夜。
② 2017年1月8日于全聚德烤鸭店。

医院得病苍天急①

患者医生相结识，　躯体魂魄在搏击。
污垢圣洁一同在，　丑恶善良清晰离。

病人更知生命贵，　白衣婪沓灵魂弃。
百姓呼唤白求恩，　医院得病苍天急！

极美与奇丑②

写文投稿要交费，　声明不缴资格坠。
名曰稿多无人审，　金额六十当月汇。

赚钱赚得灵魂丢，　铜臭熏得人成鬼。
经办单位太无耻，　美丽诗刊受连累。

---

① 2017 年 1 月 9 日于北京。
② 2017 年 1 月 16 日晨于北京。

永别了，健忘症①

刚过了严冬，
怎么能忘了刺骨的寒风？
刚吃饱了肚子，
怎么能忘了饿魔的恐惧和狰狞？

刚好了伤疤，
怎么可能忘了流血的痛疼。
经过牺牲夺取了政权，
又经过建设再付出牺牲。

中国今天的政权，
是英雄先烈用身躯换来的，
他们流血奋斗
是为了中国的百姓大众。

中国今天的复兴，
是先烈的血我们的汗赢得，
是代代在拼死拼命！
就是为了祖国江山
在人民手中掌控。

---

① 2017 年 2 月 5 日于北京。

历史再次证明；
只有中国共产党领导
才能实现人民的中国。
只有坚持毛泽东思想
中国才能战无不胜！

但是，健忘症太可怕了，
怎么有人能记不清历史，
竟然不知谁是中国人的祖宗。
崇洋媚外跪拜普世价值大有人在，
列强入侵不敢提起，美日有人称"父兄"。

怎么有人能忘了敌友，
将东郭请为上座教授。
将豺狼虎豹上香敬拜，
幻想让野兽变成仁慈的美梦。

怎么有人能忘了当今，
党的章程国家的宪法，
写得多么清晰透明。
四项基本原则的四个坚持，
有段时间只在纸上缺少了行动。
怎么有人能忘了现实数据，
改革开放中国特色发展的成功。
经济科技军事等领域
在世界地位上升的速度，

让欧美日不解，让四海震惊。
怎么有人能忘了制度优势，
我们执政基础是以公有制为主为重，
人民大众的利益是出发点也是归宿，
集中力量办大事
是我们与所谓的民主国家不同。
中国是伟大的国家，
不是历史的空穴来风。
四大文明古国之现在，
唯独中华领导之前程。

好好看看中共十八大的路线吧！
以习总书记为核心的党中央，
带领全民大众，
将两个三十年首次提出不能对立，
应该是新中国历史的两个相连进程。

这是一次重大的拨乱反正，
这是一次中国民众之声的共鸣。
这是社会发展的辨证历史，
这是坏人最怕人民久盼之声！

中国这艘巨轮已确定了航向，
中共十九大的召开，
是中国特色道路上的明灯。
世界崭新的格局

伟大的二〇一七年就要发生。
得道多助，
失道寡助。
这是正义之天下，
这是历史车轮向前滚滚轰鸣！

朋友，告别健忘症吧！
该扪心自问一下，
可不能再自醉不醒，
几代人中华腾飞之梦的实现，
靠的是撸起袖子干，
我们这一代人将荣幸亲眼见证。

历程感悟

雄鸡报晓^①

独登屋脊观夜空，　天亮凭咱一长鸣。
云霞美艳略逊色，　万物起始享光明。

果　断^②

审时度势是前端，　掌握实情最关键。
整体局部了如掌，　拍板定案才自然。

公事私事皆如此，　历史现代公式般。
智简高效成大业，　愚繁低能事事难！

---

① 为王胜利摄影配诗于除夕夜。
② 2016 年 9 月 28 日于北京。

春①

我看到了您的面容，
淡黄浅绿略略地粉红。
我听到了您的脚步，
轻轻地走上山冈，
还呼唤着暖暖的微风。

我闻到了您的清香，
阳下的小草含芳向您溢盈。
沟壑云天飘逸着馋火的炊烟，
溪水涓涓奏响了甜美的乐曲，
此起彼伏向远方传颂。

是万物为您尽情欢歌啊！
是人们为您在豪放奔腾。
春，您是我的希望所在呀，
春，您是我一生追求的前景。

---

① 立春有感。2017 年 2 月 3 日晨于北京。

通惠河畔①

精英杰才汇河畔，　相识举杯亮肝胆。
喜逢生日九十五，　通惠河畔党旗展。

金融产业科技联，　医疗公益人寿险。
各行各业筑网格，　为国为民为老天。

光　阴②

一昼一夜为一天，　春去春来是一年。
青丝白发一辈子，　岁月业绩印容颜。

阳光雨露育心美，　风雪冰霜砺骨坚。
光阴无价金难买，　修炼人生载史篇。

---

① 2016 年 6 月 29 日于北京通惠河畔。
② 2016 年 7 月 5 日于北京。

舒字的哲理①

右舍左予字为舒，　汉字储慧显视图。
舍予兼容心胸爽，　哲理必须自身悟。

奖牌的引导②

汗洒千万日，　登台分秒秀。
观众兴奋极，　挂牌泪水流。

夺魁为麟角，　参与皆英雄。
奖牌引导好，　行者受益众。

---

① 2016 年 8 月 9 日于北京。
② 观里约奥运有感。2016 年 8 月 10 日于北京。

酒的自述①

淡淡飘清香，　情感远远长。
德缘喜相聚，　助兴谈今往。

杯杯恩情满，　盏盏祝福装。
醇厚又透明，　甘甜加芬芳。

喝酒心得②

权钱当下衡你我，　喝酒也能考品德。
家乡情感计量器，　豪爽狂饮识俊杰。

有幸消防为桥梁，　四通八达通家国。
人生在世几十年，　忘了初心人白活！

---

① 2016 年 8 月 13 日于德缘烤鸭。
② 2017 年 2 月 24 日晚于古现。

学下象棋①

（一）

阵势布局规则明， 职责权力件件清。
全能攻守车马炮， 兵卒不退向前冲。

士相守护指挥部， 将帅只能田格行。
胜负无关伤亡数， 头头不死棋不终。

（二）

棋子不多学问博， 棋盘不大任驰骋。
脑筋用尽逼绝路， 心计妙出死逢生。

突然心跳嗓子眼， 顷刻胸怀风浪平。
先辈天才创象棋， 后人尽享乐无穷。

---

① 象棋对弈之感于 2017 年 1 月 29 日。

贺量卫成功[1]

墨子驾火龙，　我血似沸腾。
全球惊东方，　银河迎新星。

科学日月异，　技术浪潮涌。
骄傲中国人，　今圆复兴梦！

四季景韵[2]

春

暖回大地草木醒，　鸭戏河水柳舞风。
街头耄耋阳光沐，　田野老牛勤耘耕。

种子落地禾苗长，　雨滴泥土植被生。
万紫千红齐争艳，　绚丽多彩展征程。

---

[1] 2016 年 8 月 16 日于北京。
[2] 2016 年 8 月 17 日于北京

夏

烈日发威大地热，　林中蝉鸣田禾乐。
雨降夜晚城乡喜，　荷莲开怀蛙欢歌。

山川粟菽苗壮长，　溪流潺潺汇江河。
海滨纳凉人欢聚，　天地人间景色绝！

秋

天高云淡南飞雁，　湖平水澈鱼儿潜。
沟壑重彩似油画，　田野五谷连梦幻。

阵阵晨风吹人爽，　股股果香扑面甜。
农夫亮嗓唤秋到，　镰声悦耳收丰年。

冬

千里冰封万里雪，　地白空洁素装裹。
冰雪健儿如潮涌，　梅开芬芳聚墨客。

寒风吹奏交响曲，　雪花飘逸舞姿绝。
大地默默绿茵孕，　冰灯迎春奇彩特。

指路牌①

独立巷边心甘愿，　竖在路口盼显眼。
酷暑严冬不走样，　天生就是为奉献。

蓝底白字图案简，　统一着装突重点。
点破迷径为己任，　指明方向万万年。

天长地久②

天高云淡又一秋，　津城容颜更讲究。
新朋老友喜相聚，　忆昔论今言不休。

情感深厚如弟兄，　祝福万盏酱香酒。
重庆商会根据地，　天长地久永挽手。

---

① 2016 年 8 月 22 日于北京。
② 为天津重庆商会而作。2016 年 8 月 28 日于天津。

摄像头①

无论街巷或路口，　不管冬夏与春秋。
位置高低不计较，　眼睛瞪圆看得透。

事件瞬间不忽略，　细节微点岂能丢。
还原真相是天职，　正义公平亮俊丑。

新长城颂②

天蓝云白山环山，　城安网监钢铁般。
华夏平台今启动，　中防长城始怀安。

精英豪杰喜相聚，　有志之士信心满。
玉生挥旗向前进，　民企为民天地见！

---

① 2016 年 9 月 8 日于烟台。
② 为城市公共安全生产物联网监测预警综合平台启动仪式而作。2016 年 9 月 18 日于河北怀安。

民族之魂①

明天是共和国的庆典，
今天是法定对烈士的纪念。
新中国六十七年的岁月，
再一次证实毛泽东的伟大和高瞻。

五千年的文化，
两千年的封建，
四海五洲的民族，
世界各国及其邦联。
哪个国家敢与新中国历史相比，
哪个朝代能与这六十七年相攀。

一个半殖民地半封建被压迫的民族，
一个被称为东亚病夫贫穷的国家。
一个经历被封锁几十年的社会，
一个崛起的中国在对旧秩序挑战！

这是历史的奇迹，
这是正义的归还。
这是世界的希望，
这是人民的期盼。

---

① 2016 年 9 月 30 日于北京。

巨变始于中共的成立，
转机是毛泽东思想的贡献。
中国的幸运，
民族的灿烂。

请再读一读党的章程，
请再看一看毛泽东指出的路线。
请再回顾一下中国的历史，
请再掂量掂量良心面对苍天。

哪个政党这样坦诚为民，
哪个领袖对百姓如此情深。
哪个国家这样复杂，
哪个民族这样艰难……

中国就是中国，
压力再大腰不弯。
困难再多只等闲，
抛头捐躯不眨眼。

曲折练就意志，
鲜血淌出震撼。
失败悟出教训，
红旗指引奋战。

共产党无私伟大，
毛泽东英明典范。
没有共产党就没有新中国，
没有毛泽东就没有人民天。

今天我在祭拜国家烈士，
明天我要为国庆写诗盛赞。
民族脊梁——中国共产党万岁！！
民族之魂——毛泽东的旗帜
世代飘扬永远不变！！！

人民币入篮①

金银钱币等价值，　有无富贫唯标志。
百年世界美元霸，　今日入篮人民币。

美元强势如日落，　中华腾飞四海喜。
列强不甘退舞台，　续战运筹最加急。

乘车路上有感②

机场去过 N 次，　都是朦胧记忆。
今日印象真好，　乘坐大巴始起。

专车接送多年，　自为官权必须。
退休学习悟醒，　脱离大众危急。

---

① 为人民币入篮而作。2016 年 10 月 1 日于北京。
② 2016 年 10 月 14 日于北京。

人民拍手国之幸①

和平演变敲警钟， 伟人教导耳常鸣。
鲜血换来新中国， 干部为民搏一生。

今朝文武藏绿卡， 半壁江山养颜红。
习总铁腕肃贪腐， 人民拍手国之幸。

木刻寓意②

梅兰竹菊环绕福， 外方内圆祥云凸。
工艺简单寓意清， 杨柳质地条块组。

四季追求皆平安， 方圆厘清走正途。
快乐生活向光明， 夕阳无限照五湖。

---

① 2016 年 10 月 26 日晨于北京品流行对联有感。
② 2016 年 10 月 31 日于北京。

空调机的自述①

热送爽风冷送暖，　任劳任怨守墙边。
极端气温妄害人，　有我请您享春天。

宗旨就是为人民，　冷暖调控心里甜。
爱岗敬业一辈子，　我在学习公务员。

季节与人生②

（一）

有夏就有冬，　有春也有秋。
季节轮换转，　播种盼丰收。

日月交替走，　江河入海流。
人生何短暂，　不服也白头！

① 2016 年 11 月 1 日晨于北京。
② 2016 年 11 月 7 日晨于北京。

（二）

夕阳无限美，　陈酿出好酒。
姜是老的辣，　精彩在剧终。

昔日造建材，　甲子筑高楼。
亭阁万古存，　精神永不朽！

119 我之呼声[1]

今天是消防日，
全社会在行动。
防火灭火知识的普及，
是为了财产安全和人的生命。

火为人类进化立下了不朽的丰功，
火为社会发展增添了巨大的动能。
可火也给人类带来数不清的灾难，
火引的灾害天天都在肆虐发生！

请再重视一下消防吧，
我们的各级领导。
您再忙我也盼望着您，
今天有个表情和言行。

请多关注一下消防吧，
我们各行的精英。
我梦里都想和您攀上个亲戚，
奢求着用您的学问和力量让水火有情。

---

[1] 2016 年 11 月 9 日于北京。

请多看一眼消防吧，
我们的各种媒体。
我对屏报羡慕之极，可不能孝敬，
回归大众才是您的唯一正宗。

请加入消防日行动吧，
我们亲爱的父老和姐妹弟兄。
防火灭火是我们自己的事情，
谁也没有权利不关心生命！

让人们真正明白，
平安和幸福必须远离火灾，
让消防战士尽可能少出火警。
这是我一个消防老兵，
在今天消防日的呐喊与呼声！

初心与尺子圆规[①]

画方离不开尺子，
画圈离不开圆规。
做事都有初心，
事业需要积累。

建党有初心，
建军有初心，
建国有初心，
共产主义大目标和宗旨
是每个共产党员一生梦寐。

这不是高调吧，
哪个党员入党宣誓没举拳头？
这不能算是形式吧，
哪级党的组织敢公开违背？

可是在现实中的岁岁年年，
有着的的确确的现实分类。
宗旨意识有些人越来越模糊，
初心壮志有些人越走越消退！

[①] 学习六中全会通过的新《准则》和《条例》有感。2016 年 11 月 6 日晨于北京。

刚学了总书记七一讲话，
初心的概念正在脑海重新扎根。
又读了六中全会的精神，
准则和条例在眼前发出强烈光辉。

共产党英明伟大呀，
十八路线正确宏伟。
初心唱响激昂斗志，
事业前进拼搏积累。
准则就是共产党的一把尺子，
条例就是党在社会时空之圆规。

初心不能忘，
奋斗才不悔。
时代在发展，
我们有尺规。
紧跟共产党，
宗旨一生追。

人 生①

天地给予咱灵魂，　父母给予咱肉体。
性命自此来人间，　人生历程即开启。

由生到死一过程，　从少到老是规律。
光阴把控几十载，　耕耘春秋靠我你。

少应日出学本领，　青该朝阳施气力。
壮当辉煌干大业，　老享晚霞有山依。

一晃一个甲子到，　屈指功德曾有几？
若不奋起争分秒，　何对父母和上帝？

冬至抒怀②

夜昼长短极，　九九自始起。
天寒地暖转，　冬至年咫尺。

春夏有民俗，　秋冬讲节礼。
宇宙永恒在，　人生岁月惜。

---

① 2016 年 11 月 29 日晨于北京。
② 2016 年 12 月 21 日于北京。

泡洗温泉[①]

雪花飞舞天上源，　温池蒸气地下泉。
天地赐人咱享用，　男女身躯水中淹。

泡得筋骨舒服透，　洗得灵魂如蓝天。
工作生活心身爽，　华夏盛世让我恋。

大寒抒怀[②]

滴水成冰京城寒，　北风迎年在眼前。
今天又是大寒日，　仿佛一年一瞬间。

童年堆雪印脑海，　上学踏冰记心田。
从军严冬砺剑戟，　华发屈指忆岁年。

---

① 2017 年 1 月 5 日于北京。
② 2017 年 1 月 20 日晨于北京。

夕阳之歌[①]

华发解甲新生活，　多年分居启补课。
菜市场中成双对，　错峰公交拉手坐。

锅碗瓢盆进行曲，　针头线脑柔情歌。
情泉涓涓诞诗画，　哄好老伴酒畅喝。

流　韵[②]

青藏雪域大河乡，　山岩泉水涓涓淌。
雨后初晴见彩虹，　冰雪寒冬红梅放。

岁月砺磨情感铁，　宇宙洗礼意志钢。
心悟甘泉润大地，　墨迹行云育风光。

---

① 2017 年 1 月 7 日于北京。
② 2016 年 12 月 5 日晨于北京。

承　诺[①]

共产党执政的中国，
翻开了历史新的一页。
结束了王朝更替循环，
人民掌控了中国航行之舵。

首个三十年洒汗流血。
让世界刮目相看，
老百姓从饥寒交迫，
过上了温饱的生活。

又经三十年的努力拼搏，
东方巨龙腾空跃起。
在前进中前进在总结中总结，
开创了中国发展道路的特色。

十八大又是新的起点，
承前启后勇敢开拓，
用短短四年的时间，
中国复兴大业累累硕果。

---

① 学习习近平总书记全国卫生与健康大会上的讲话有感。2016 年 8 月 21 日于北京。

昨天的人民大会堂，
七名常委全部到会，
总书记、总理讲话，
为的是建设人民健康的中国。

这是一个照亮宇宙的信号，
这是共产党给百姓的承诺。
这是中国人的幸运，
这是历史空前的一绝！

中医中药与西医结合的前景，
人民健康的事业，
复兴中华的现实，
必将灿烂辉煌轰轰烈烈！

泉水情^①

海洋之大，
源于滔滔奔腾的江河。
江河之美，
源于水的柔情和宽阔。

江河之水，
来自千万条涓涓细流。
细流之源，
是泉水在涌动永不停歇。
大海江河小溪和泉水，
环环相连，一脉相接。
他们的信仰坚如铁骨，
他们的情感通着圣血。

泉水的宗旨和目标是大海，
泉水的路线和方向是向前集结。
泉水使命和任务是坚定不移，
泉水走过的历程可称艰苦卓绝。

---

① 作于北京 2017 年 3 月 12 日。

泉水是大地孕育，
泉水不忘大地恩德。
四季流淌，
昼夜欢乐。

春天里为大地铺绿，
夏天里为大地清洁。
秋天里为大地歌唱，
冬天里为大地润色。

宗旨路线使命鲜明，
目标方向任务准确。
考验的是泉水践行，
历程万险反复曲折。
胜利归海的是壮举英雄，
奋斗牺牲的是光荣先烈。
正在前进的是希望所在，
踏上路途的是光明豪杰。

泉水啊，泉水！
你一生在奉献，
你一生不肯停歇。
你让我崇拜无比，
你让我动情泪落。

泉水啊，泉水！
你有远见又不离实际，
你具勇敢又百挠不折。
你是我学习的样板，
你是我奋进的楷模。

后　记

诗歌之恋[①]

诗歌是一种写作文体，
字句精练讲究，平仄押韵。
诗歌是真情实感的倾诉，
字字珍贵胜过黄金。

诗歌是我的生活，
承载着岁月，记录着脚印。
诗歌是我的伴侣，
形影不离永远相亲。

诗歌之美，美在字句，
诗歌之美，美在读音。
诗歌之美，美在精练，
诗歌之美，美在意深。

美得如走在春天梯田，
绿茵花海层层叠叠。
美得如临蓝蓝大海，
波澜壮阔浩瀚无垠。

---

① 作于北京 2017 年 3 月 24 日。

美得如高原情歌，
动听悦耳喜事临门。
美得如古庙钟声，
回荡山谷迎送彩云。

美是人类发展的追求，
美是人类灵魂的恒心。
美是人类进化的动力，
美是中国传统文化的根。

三千多年前就有甲骨文，
有了文字，就有了诗歌诵吟。
随着历史进程诗歌也在发展，
诗歌与华夏通着血脉连着骨筋。

写诗能励志，
诵诗能振奋。
品诗有感悟，
背诗理想深。

热爱诗歌的人，
生活豁达愉快还悦心。
胸怀大志并脚踏实地，
征程上借鉴古为着今。

她遇到挫折能坚韧不拔，
她遇到顺境能乘势猛进。
她遇到悲伤能转化力量，
她遇到险情能不惧前行。

这就是诗歌的魅力，
这就是诗歌的强劲。
这就是诗歌的作用，
这就是诗歌的精神。

让我们一起热爱诗歌吧！
让我们一起励志感悟思考和振奋！
中华民族需要时代更美的诗歌！
世界的未来需要我们共同奋进！